Pamplemousse

22 Boulevard de baliste, 11100 Narbonne – France

Dépôt légal : Octobre 2025
ISBN : 978-2-488425-04-9

Anne-Sophie Plat

PAMPLEMOUSSE

Maison Boligrafo

À Nini, dans mon cœur pour la vie.

Paris, 23 décembre, 19 h 27

— Jule, tu décolles à quelle heure demain ? me demande Amine.

— Mon avion est à dix-neuf heures, je devrais atterrir vers vingt heures, pile-poil pour le réveillon ! D'ailleurs, je te remercie encore d'assurer la fermeture à ma place demain soir, t'es un amour.

— Tu peux, ah ah ! Je vais ajouter ça à ma liste de « elle m'en doit une » ! J'espère que, cette fois-ci, tu as prévu une petite marge ?

— Comment ça ?

— C'est très simple… Si jamais tu oublies à nouveau ta carte d'identité, tu seras large pour faire un aller-retour et la récupérer. Quand j'y repense, c'était carrément un acte manqué, hein ?

— Mais pas du tout… C'est juste que… j'étais tellement focalisée sur les cadeaux… alors, la carte d'identité, tu penses bien ! Elle est passée aux oubliettes… tu comprends ? Et puis, pour moi, c'était évident qu'elle se trouvait dans mon sac !

— Okay, okay… ne t'inquiète pas, je te préparerai ton assiette, la même que l'année dernière… juste au cas où, plaisante-t-il.

— Très drôle !!! Je pouffe de rire. Figure-toi que, cette fois-ci, j'ai tout prévu ! J'ai fait une liste, regarde.

Je lui tends un bout de papier coincé dans le bracelet de ma montre.

Amine le saisit, intrigué.

Il sait bien que j'ai en horreur, les bouts de papier : ça s'envole, ça se déchire… et je ne vous parle pas des Post-it qui se décollent ou ne collent jamais ! Pour ces raisons évidentes, je préfère tout consigner dans des carnets : des anecdotes, les commandes des clients, mes lectures (parfois, je recopie des passages de certains livres), ou alors ce qui me passe par la tête. Tout mérite sa place dans un de mes carnets, même mes dessins de téléphone !

Alors oui, c'est vrai, ça me donne un petit côté conservatrice, je le reconnais. Mais là, l'enjeu est trop important. Alors, pour cette fois, je déroge à la règle ; je garde ce papier collé à même la peau.

— Qu'est-ce que c'est que ça ? On dirait une liste de courses…

5 sous-vêtements
3 chemisiers
trousse de toilette
chargeur de téléphone
tricot
cadeaux
carte d'identité
billet d'avion
maillot de bain
pamplemousse

— Maillot de bain ? rajoute Amine avec un air décontenancé.

— Et pourquoi pas ? Si j'ai envie de me baigner un 25 décembre ! Tu ne connais pas les fameux bains de Noël ?

— Toi ? Ah ah ah, t'es tellement frileuse, bref... je continue. Pamplemousse ???? Qu'est-ce que ça veut dire ? Je croyais que tu n'aimais pas les agrumes. Quand je pense à toutes les rondelles de citron que j'ai dû retirer de tes verres parce que le serveur n'avait pas compris ta demande.

— Oui, bon ça va, ce n'est pas de ma faute si je trouve que ça pique. Là, c'est juste une chose à laquelle je dois penser… pour Mathias…

J'aimerais tellement pouvoir lui en dire plus. À la place, je me racle la gorge et prie pour qu'il change de sujet.

— Madame fait sa mystérieuse ?

Sentant la chaleur sur mes joues, je préfère détourner le regard… Je risque de me faire griller.

— Comme tu veux, ajoute-t-il. Mais je sens que tu me caches quelque chose… Bon, ce n'est pas tout ça, mais ce soir, c'est moi qui pars en premier ! Je te laisse fermer avec tes nouveaux secrets. Je suis attendu pour dîner, madame…

— Ah, c'est donc ça, les petits sourires face à ton téléphone toute la journée ! Et peut-on savoir avec qui ?

— Avec un dénommé Noël.

Je manque de renverser le verre d'eau que je m'apprête à avaler.

— Non, tu blagues ! Je ne te crois pas ! Et j'imagine qu'il a une barbe blanche aussi !

— Effectivement ! Je peux te dire qu'elle est mieux entretenue que celle du père Noël. D'ailleurs, je pense que cette nuit va être un peu agitée… Au moins, ça me changera ! Même si les ronrons de Robert me le rendent bien, je commençais à en avoir assez de passer mes soirées à lui faire des câlins. Enfin, on verra… Je ne m'attends à rien, comme ça, je ne serai pas déçu.

— Allez, file, je ne veux pas que tu sois en retard pour ton premier rendez-vous avec le père Noël. Par contre, demain, je veux tout savoir !!!

— Ciao amore…

Amine ouvre la porte de la librairie et m'envoie un baiser. Un brin d'air frais s'engouffre à l'intérieur. L'odeur du pain d'épice de la boulangerie d'à côté arrive jusqu'à mes narines. J'ai tellement faim que je pourrais m'y installer pour dîner.

Son bonnet sur la tête, Amine remonte le col de son manteau et ajuste l'écharpe que je lui ai tricotée l'hiver dernier.

La clochette de la porte tinte à nouveau et je me retrouve seule dans la boutique.

Le silence est doux.

Quelques flocons commencent à tomber. Je regarde à travers la vitrine et contemple les passants qui se hâtent de faire leurs dernières courses, ou de rentrer chez eux, au chaud.

Bon, ce n'est pas tout, mais il me reste un dernier carton à vider. Je prends une grande inspiration pour me donner du courage.

— Allez, Jule, motivation !

Jule, c'est le diminutif de Juliette. Ma famille m'appelle comme ça depuis que je suis petite. Toute mon enfance, j'ai entendu ma grand-mère répéter : « arrêtez de l'appeler comme ça, ça fait garçon manqué ». Heureusement qu'à l'époque j'avais les cheveux longs, sinon j'aurais pu être la fille loupée…

Jule, ça questionne toujours, j'y suis habituée, ça me plaît.

J'ai 34 ans. Je ne suis pas mariée, je n'ai pas d'enfant, pas de chat.

Je suis libraire et parfois tête en l'air… (bon d'accord, souvent !)

Amine, c'est mon associé.

Nous avons ouvert ensemble notre librairie dans le 20e arrondissement de Paris. C'est notre bébé. Avec elle, on n'a pas une minute de répit : les livraisons, les rentrées littéraires, les rencontres avec les auteur·ices, les visites des représentant·es, la comptabilité, les commandes…

Mais tout cela n'a aucune importance, c'était ce qu'on voulait : pas de patron, remplir les étagères de nos coups de cœur et même vider les cartons (en vérité, ça, on aime moins).

Je suis passionnée par la littérature classique. Depuis mes années au lycée, je suis secrètement amoureuse de Victor (on parle de Victor Hugo, bien entendu).

Amine, lui, adore dénicher les pépites littéraires en tout genre, tout ce qui sort de l'ordinaire.

Nous avons aussi un coin jeunesse fabuleux, on le bichonne et les enfants en raffolent.

Chaque jour, différentes personnes entrent dans la librairie : des habitués, des amis, des habitués qui sont devenus des amis, des familles, des étudiants, des enfants, des gens de passage, des lecteurs boulimiques, des pressés, des curieux, des flâneurs, des indécis…

Ma liste en papier me gratte, je jette un œil à ma montre.

— Déjà 20 h 06, je n'ai pas vu le temps passer. Ça ira bien pour aujourd'hui.

Je ferme la librairie. Je laisse la guirlande extérieure allumée, c'est plus joli. Je regarde la vitrine. Amine avait raison. Son idée du petit train qui voyage à travers les livres exposés attire les petits comme les grands.

Il suffit d'observer les nez collés sur la vitre tous les jours, et les bouches qui laissent des marques de bisous.

Dehors, les trottoirs s'enveloppent d'une fine couche de neige… J'aimerais qu'il en tombe davantage, juste pour sentir mes pas s'enfoncer et entendre ce bruit si particulier que font les chaussures sur la poudreuse.

J'ai toujours adoré la période des fêtes de fin d'année, ça me réchauffe le cœur.

Le temps s'arrête.

Comme si le monde entier décidait de devenir un peu plus doux.

Les efforts que les uns et les autres font pour se réunir et essayer de faire plaisir.

Pendant quelques jours, parfois quelques heures, chacun et chacune délaissent colère et rancœurs, et tentent de laisser la joie prendre un peu plus de place.

Tout en avançant, je regarde les lumières qui scintillent dans les rues, les vitrines décorées des magasins, les guirlandes qui clignotent sur les balcons.

Je sens la douceur m'envelopper.

J'aimerais que ça soit comme ça toute l'année.

J'essaye d'apercevoir les bouts de sapins aux fenêtres des appartements.

J'ai l'impression que chaque lieu se parfume d'un soupçon de cannelle, de pain d'épice et de chocolat chaud.

Je lance ma playlist spéciale Noël et fredonne chacun des morceaux.

Tout en écoutant les voix des vieux crooners américains, je me remémore le voyage que j'avais fait aux États-Unis lorsque j'étais petite. Nous étions allés assister avec ma famille à l'illumination du gigantesque sapin du Rockfeller Center. C'était toute une cérémonie. C'était magique. Mon père me portait sur ses épaules pour que je n'en loupe pas une miette. J'avais la sensation de voler dans la nuit entourée des flocons. Ensuite, nous étions allés faire du patin à glace et manger des pâtisseries avec les lumières de la ville tout autour de nous.

En marchant jusque chez moi, je passe devant un restaurant. Je ne peux pas m'empêcher de regarder le menu qu'il propose pour le réveillon. Ça me fait penser à Mathias. J'ai hâte de le retrouver.

Je partage ma vie avec lui depuis quatre ans. En ce qui concerne notre rencontre, elle est assez atypique ! C'était au milieu des poêles du rayon cuisine du BHV. J'hésitais entre une grande et une petite poêle. Elles avaient un revêtement différent.

Alors que je posais toutes sortes de questions au vendeur qui visiblement n'y connaissait pas grand-chose non plus, Mathias s'est immiscé dans notre conversation. Il s'est transformé en spécialiste de la poêle, en vantant les qualités de chacune. Il mimait des gestes techniques de cuisine en fonction de ce que j'avais envie de manger. J'avais beaucoup ri. Le vendeur s'était éclipsé, sûrement soulagé que ce client prenne le relais.

Je suis tombée sous le charme de cet homme, précis et fin connaisseur des poêles du BHV. La magie avait opéré. Je suis repartie du magasin avec deux poêles dans un sac et une invitation à dîner.

C'est lors de notre premier rendez-vous que Mathias m'a avoué que, pendant sa démonstration, il espérait deux choses : me revoir et me préparer à dîner. C'est donc quelques jours après notre rencontre que son vœu s'est réalisé.

J'ai appris pendant notre première soirée qu'il est chef dans une célèbre brasserie parisienne. Un lieu qui ne désemplit jamais. Les clients font la queue à l'extérieur du restaurant, certains réservent des mois à l'avance.

Ils viennent particulièrement pour une chose : la vinaigrette.

Mathias possède un secret : la recette de sa fameuse vinaigrette. Personne ne sait ce qu'elle contient, excepté sa grand-mère. Il la prépare toujours à l'abri des regards, quand il est seul en cuisine. Tout le monde veut percer ce mystère… comme si c'était l'énigme de la chouette d'or !

Depuis notre rencontre, je tiens un carnet intitulé : ingrédients insoupçonnés pour la vinaigrette. Je suis persuadée que, dans une des recettes que j'ai notées, il y a la bonne. Mathias s'amuse souvent à me mettre sur une fausse piste. Et moi, je suis déçue et je râle.

Enfin… La réputation de Mathias est si importante dans le monde de la restauration qu'il peut se permettre de fermer à Noël. Son second et ses commis sont ravis de pouvoir souffler ce soir-là, et être en famille, car, pour la soirée du Nouvel An, tout le monde est aux fourneaux !

C'est ainsi qu'à chaque réveillon de Noël, Mathias est entouré des siens à Nice. Demain, je serai avec lui et sa famille, c'est certain !

En ce qui concerne la mienne de famille, c'est assez fantasque, on va dire que nous sommes un peu éparpillés. L'un en Asie, l'autre en Amérique, mes parents et moi en Europe.

Par exemple, pour le réveillon de cette année, ils sont avec mon petit frère Alex (alias Alexandre). Il est parti finir ses études au Japon.

Je reconnais que j'aurais aimé être avec eux, ça me manque qu'on ne soit pas tous ensemble pour les fêtes. Je ne me souviens plus à quand remonte la dernière fois où nous avons été tous réunis.

Après, il est vrai que j'ai beaucoup trop à

faire dans la librairie pour pouvoir m'absenter.

La période de Noël est cruciale pour les commerces. C'est un des moments où l'on fait le plus gros chiffre d'affaires. Je ne me vois pas dire à Amine : « Ohé, je pars au Japon, on se revoit dans 15 jours. Ciao, amore ! »

Même si je suis sûre qu'il m'aurait encouragée à y aller. Je serais revenue les valises chargées de nouveaux titres japonais : des romans, des mangas, des albums jeunesse, des bandes dessinées… et un peu de papeterie, bien entendu ! Bref, j'arrête de rêver.

Donc, chaque année, mes parents passent les fêtes avec un de leurs enfants. L'année prochaine, ce sera mon tour, je n'ai aucune idée de ce que nous ferons. J'avoue, j'ai encore du temps devant moi.

Quand je n'ai pas pu monter dans l'avion l'année dernière, mes parents étaient partis voir Lulu (alias Lucas). C'est mon frère aîné. Il s'est installé à Miami pour son travail. Je suis certaine qu'il a surtout suivi l'amour… Il y a un prénom qui revient souvent dans les conversations. Mais, comme il est très pudique par rapport à ça, je ne veux pas le mettre mal à l'aise.

Alex, lui, était déjà au Japon.

Ce soir-là, je me suis retrouvée seule, un peu désespérée, on ne va pas se le cacher.

C'est comme ça que j'ai atterri en larmes chez Amine et Robert pour réveillonner.

Alors, pour ne pas reproduire le même schéma, cette fois-ci, je me suis vraiment organisée. Ma carte d'identité et mon billet sont déjà rangés dans mon sac à main, dans une pochette on ne peut plus discrète : rose fluo.

Paris, 23 décembre, 20 h 28

Notre appartement se trouve au troisième étage d'une petite copropriété sans ascenseur, ce qui est une précision importante.

C'est un grand deux-pièces très cosy, avec une cheminée pour les jours de pluie. On a une grande fenêtre qui donne sur un petit jardin et deux fenêtres qui donnent sur la rue.

Dans l'entrée, tout un pan de mur est caché par une immense bibliothèque remplie de livres, de bandes dessinées, mais aussi agrémentée de guirlandes, de photos, et autres bibelots très utiles… Oui, notre appartement ne fait pas partie des intérieurs épurés. Je n'ai pas suivi les conseils de Marie Kondo, car tout ce que je possède me procure de la joie.

Arrivée chez nous, j'ôte mes bottines, j'allume les lumières de notre sapin, puis j'installe ma valise en plein milieu du salon.

— Alors, voyons cette liste.

Lorsque je reçois un message d'Amine qui me coupe dans mon élan :

Amine

N'oublie pas ton bonnet de père Noël demain !

Je l'ai déjà sur la tête ! Mais tu n'es pas à ta soirée ? 😮

Je suis au cabinet ! 😂

Je souris aussitôt, «cabinet» est LE mot un peu désuet que nous adorons tous les deux utiliser, comme un gage de complicité.

Amine, je l'ai rencontré à la faculté de lettres, en deuxième année.

Je patientais en relisant mes notes avant le début du cours magistral de littérature comparée. J'étais installée dans un coin, au fond de l'amphi, quand Amine a fait son entrée. Il portait un gros sac de sport gris qui avait l'air de peser une tonne. Il était en sueur, il a pris la première place qu'il a trouvée, et c'était juste à côté de moi.

— Je viens de récupérer une ancienne collection de théâtre classique qui allait partir à la poubelle. Molière, Racine et tous les autres n'auront qu'à me remercier. Et entre nous, ils pèsent une tonne, m'avait-il expliqué.

J'avais ri si fort que tout l'amphi s'était

retourné l'air complètement ahuri. Son histoire fantaisiste m'avait surprise. Et depuis ce premier échange, nous sommes devenus inséparables. Nous passions nos soirées et nos week-ends ensemble, tantôt chez l'un, tantôt chez l'autre, à discuter, regarder des films, lire, sortir, rêver, et tout de même réviser.

Amine vit seul depuis deux ans, il a eu quelques aventures à droite et à gauche, mais rien de sérieux.

Pendant dix ans, il a vécu avec Antoine, un professeur de lettres de la Sorbonne Nouvelle. Ils se sont rencontrés sur un stand de bouquinistes, côté rive gauche de la Seine. À l'époque, Amine était attiré par les hommes mûrs, Antoine, les jeunes. C'était l'alchimie parfaite, enfin, au début…

Mais comme chacun de nous, Amine vieillit. La veille de ses 35 ans, Antoine l'a quitté d'une drôle de façon. Un livre laissé ouvert, un paragraphe entouré sur une page.

« Fin de l'histoire. »

Un cours magistral est inutile pour saisir le message. Et par respect pour l'œuvre utilisée à cet effet, je préfère taire son titre et le nom de son auteur. Pauvre Amine.

Il avait tout bonnement, aux yeux d'Antoine, le corps et la tête d'un yaourt périmé. Pourtant, tout le monde est au courant que les dates de péremption sont juste indiquées pour inciter à consommer…

Alors j'ai ramassé Amine à la petite cuillère et laissé le temps faire son travail.

— Bon, où en étais-je ? Ça, c'est fait, ça, je l'ai, ça, c'est dans cette pochette. Bon, je crois que ma valise est terminée ! Enfin !

Je sens mon ventre qui gargouille de plus en plus et je me dirige vers le frigo.

— Yes, j'en ai, je vais me régaler et sans entendre la moindre réflexion. Vive les coquillettes-jambon !

Je m'assois par terre en tailleur, sur notre tapis tout doux, et dépose mon assiette sur la table basse. Je n'aime pas les plateaux, je renverse toujours tout. Quand Mathias n'est pas là, j'en profite. Il a horreur de ça ; les dîners sur un coin de table. Pour lui, ce n'est pas de la cuisine, c'est du « dépannage ». Il n'est pas dans la team sachet de nouilles instantanées.

Mathias et moi sommes très différents. Il est organisé, toujours en avance, un peu maniaque sur les bords, sportif et va à l'essentiel.

Moi, vous l'aurez compris, je suis plus dispersée, rêveuse et souvent sur le fil…

Mon portable sonne : c'est Mathias. Nom du contact : Math poêles. J'ai toujours gardé ce nom en souvenir de notre rencontre. La caméra s'allume. Je retrouve son sourire.

— Allô, Jule, ça va ? Ta journée s'est bien passée ? J'ai hâte que tu arrives. Ici, tout le monde est impatient de passer Noël avec toi.

J'entends des voix derrière lui.

— Quand est-ce qu'elle arrive, tata Jule ? Tonton, pourquoi elle a un nom bizarre ?

— Viens ici, Samuel, laisse tonton tranquille…

— Ça va, on a eu beaucoup de monde à la librairie, je ne sais même plus à quelle heure j'ai déjeuné. Je suis contente : les livres ont toujours leurs super pouvoirs ! Il y a un homme, enfin un papa, qui est venu acheter pour la première fois de sa vie un livre. Il cherchait un roman qui lui permettrait de rompre le silence avec sa fille. Il m'a raconté son histoire, j'étais si émue que j'avais des larmes au bord de mes yeux. Et toi, qu'est-ce que tu as fait, aujourd'hui ?

— Ce matin, je suis allé courir sur la promenade, c'était très agréable, la mer était calme et turquoise. Ensuite, je suis parti avec ma sœur et ses enfants à la plage. Le soleil a brillé toute la journée. Tu imagines ? On était en tee-shirt cet après-midi ! C'était incroyable, il faisait 25°. On a pique-niqué sur les galets, j'avais oublié à quel point ce n'était pas confortable ! J'ai hâte qu'on soit ensemble. Je vais te faire une balade à la niçoise comme jamais, me dit-il en faisant bouger ses lunettes de soleil.

— Ah ah ah, et tu penses faire chavirer mon cœur de cette façon.

Mathias sourit.

— Je suis aussi allé faire des courses pour le repas de demain soir. J'ai insisté auprès de mes parents, enfin, surtout de mon père, pour qu'il me laisse entrer dans la cuisine. Tu le connais, il avait déjà tout organisé six mois à l'avance. Je suis juste autorisé à faire les garnitures et le dessert. C'est quand même un comble !

— Waouah ! Tu en as de la chance ! Et alors, quel est le menu, chef ?

— Surprise ! Tu verras demain ! Tu as fini ta valise ?

— Oui, elle est devant la porte d'entrée, je lui réponds en riant. Tu as peur que j'oublie un truc, allez avoue !

— Pas du tout ! Mais ce serait trop bête que ça arrive une deuxième fois, ajoute-t-il avec un brin d'inquiétude dans la voix. Tu me manques, Jule. J'ai envie de prendre un café sur le bord de mer avec toi. Sentir ton dos contre moi pendant que tu as un bouquin entre les mains. Te regarder remonter mes lunettes de soleil sur ton nez, car tu ne trouves pas les tiennes. Avoir tes cheveux dans le visage lorsque tu relèves ta queue-de-cheval…

— Han, mes lunettes ! Attends, ne quitte

pas, une seconde, je reviens… C'est bon, je les ai rangées. Tu sais qu'ici il commence à neiger? Je pense me faire un petit feu de cheminée avec un thé.

— T'as bien raison, profites-en. Je parie que, ce soir, tu as mangé tes « coquillettes-jambon » ?

— Un délice…

— Bisous, je t'aime, Jule.

— Moi aussi, à demain.

La caméra s'éteint. Je regarde mon reflet dans l'écran, je souris.

J'ai remarqué que, lorsque nous sommes séparés, même pour une nuit, peut-être que c'est la distance, mais Mathias se laisse aller. J'entends des choses qu'il ne dit jamais. Il faut l'avouer, c'est un peu un ours par moments, il a aussi du mal à se confier. Mais, petit à petit, il s'adoucit.

Vers 23 h 30, après avoir soigneusement choisi mon livre pour le voyage (enfin plutôt deux, pour être sûre), dans ma pile à lire – la pal, comme on dit dans le jargon –, je m'en vais me coucher.

J'envoie un message à Mathias :

À demain ♥

Math poêles

Bonne nuit Jule ♥

Paris, 24 décembre, 07 h 05

Le réveil de mon portable sonne. Je m'étire, j'ai certainement beaucoup bougé cette nuit, car je retrouve la couette par terre. Je me lève heureuse. Je suis impatiente de retrouver Mathias.

En ouvrant les volets, un petit vent frais me caresse les joues. La neige tombée cette nuit n'a pas fondu. Une couche épaisse recouvre les trottoirs.

À l'extérieur, il fait encore nuit, mais l'éclairage des lampadaires laisse apparaître des petits flocons qui virevoltent.

Je me prépare des tartines au miel et un thé. Le matin, j'aime bien prendre mon temps. Je suis emmitouflée dans mon pyjama sous un plaid, mon mug entre les mains.

Dehors, c'est si joli, je regarde la nuit s'en aller.

Je réfléchis aux pamplemousses et je souris.

Mais les minutes défilent. Et comme tous les jours, tout d'un coup, je m'affole et je cours sous la douche. Il y a de la buée dans toute la salle de bain, je n'arrive pas à me voir dans le miroir, alors je grogne.

Au moment de m'habiller, j'hésite entre plusieurs tenues : le pull de Noël traditionnel avec le renne tricoté ; chaud, mais kitsch à souhait. Ou alors une tenue plus habillée, mais moins confortable pour la journée qui m'attend ? Mais le chemisier, ce n'est pas trop de saison.

Bon allez, va pour le pull, après tout c'est Noël, si je ne le porte pas aujourd'hui, je ne vois pas quand je vais le mettre. Et puis, je ne vais pas non plus passer le week-end chez la reine d'Angleterre. En plus, ça ira parfaitement avec mon bonnet !

Dans la salle de bain, la buée s'est dissipée, je rigole toute seule en me découvrant dans le miroir avec mon pull.

Je fais un dernier tour de l'appartement, j'enfile mon bonnet de père Noël. Je ferme la porte à clef et je m'en vais.

— Joyeux Noël, la maison ! On se revoit dans quelques jours !

Ça peut paraître bizarre, mais je ne quitte jamais l'appartement sans lui dire un petit mot. Je fais ça depuis que j'ai commencé à habiter seule, comme si ma maison était vivante. Mathias trouve ça drôle et parfois se prête au jeu.

— Ma Jule, tu es au top aujourd'hui, tu n'es même pas en retard ! je dis à voix haute.

Un petit compliment à soi-même, ça fait toujours le plus grand bien. J'aimerais que tout le monde puisse me voir, je suis fière de moi.

Je descends les escaliers, quand, arrivée en bas, je lâche un :

— Merde, les cadeaux !

Je remonte à toute vitesse jusqu'au troisième.

— Bon, c'était presque parfait... après tout, personne n'en saura rien.

Je sors de l'immeuble, je regarde en l'air, les flocons ont grossi depuis mon réveil. J'ouvre la bouche, tire la langue et laisse un flocon se déposer dessus. J'adore faire ça depuis que je suis enfant.

En ce début de matinée du 24 décembre, dans les rues de Paris, avec mon petit bonnet rouge, je tire ma valise, le cœur ravi.

Paris, 24 décembre, 08 h 46

Comme je l'imaginais, j'arrive en premier à la librairie.

Nous l'avons appelée *Trois petits points...* (ça aussi, on adore en abuser). Pour trouver son nom, il a fallu en discuter longuement et faire de nombreux apéros.

C'est Amine qui avait repéré la boutique en premier. Un ancien magasin de tapisseries à la déco vieillotte, que nous avons transformée en librairie.

Amine avait sonné en pleine nuit chez moi pour me faire part de sa découverte. Il m'avait forcée à sortir en pyjama pour admirer la merveille. Baskets et chaussons aux pieds, nous nous sommes mis à courir dans les rues du 20e arrondissement. Et effectivement, quand j'ai découvert la boutique, j'étais conquise.

— Je ne sens que de bonnes ondes ici ! On va être bien, avait ajouté Amine.

Le voilà d'ailleurs qui arrive à son tour à la librairie, avec son bonnet sur la tête, les yeux gonflés.

Je l'embrasse et lui caresse la joue.

— Un petit café, chaton ?

— Volontiers !

Pendant que le café coule, j'observe Amine. Il est encore endormi, mais son visage est doux. Je lui tends sa tasse.

— Alors, ta soirée ?

— Pas mal, à voir...

— Ah non ! Tu ne peux pas juste me dire ça et t'en aller avec ta tasse !

— Je ne sais pas, Jule... je ne sais pas quoi te dire... c'était différent. C'était simple, tranquille, aucun artifice, tu vois ? Personne n'a eu besoin de prouver quoi que ce soit à l'autre. C'était juste bien.

— « Juste quelqu'un de bien, quelqu'un de bien... », je chantonne, puis je secoue la tête en souriant. Bah dis donc, ça fait longtemps que je ne t'avais pas vu comme ça ! Il a tapé dans le mille, le père Noël !

— D'ailleurs, tu veux savoir pourquoi il s'appelle comme ça ? Tu vas rire, ça n'a aucun rapport avec Noël. C'est juste que sa mère a toujours rêvé d'accoucher un 24 décembre, sauf qu'il est né un 24 juillet ! Mais elle a quand même insisté pour l'appeler Noël. Enfin, c'est surtout son père qui a dû batailler un peu au moment de déclarer sa naissance à la mairie. Apparemment, les employés pensaient à une caméra cachée! Même si à l'accueil on lui riait au nez, son père ne s'est pas découragé. Il a inventé toute une histoire qui visiblement les a touchés. Et voilà, ça a donné Noël.

— C'était quoi, l'histoire ?

— Bah, je ne sais pas, on a parlé d'autre chose après. Je n'ai pas bloqué sur son prénom toute la soirée.

— C'est sûr. Mais il doit en avoir marre qu'on lui demande s'il est né le jour de Noël, non ?

— Au contraire, il s'en amuse. Il invente des histoires complètement farfelues. Par contre, il a vraiment une barbe, mais de trois jours, elle est grisonnante, rien que d'y penser…

— Okayyyyy… c'est bon ! Pour résumer, tu n'as pas beaucoup dormi cette nuit !

— Si, de cinq à sept peut-être… dit-il, les yeux pleins de malice.

— On va être bien, aujourd'hui ! Toi sur ton nuage avec Cupidon en meilleur ami, et moi sur le traîneau du père Noël, une journée tout à fait normale !

Le téléphone d'Amine vibre.

Il me regarde avec un air différent :

— C'est lui !

— Génial ! je m'exclame.

Je souris. De tout mon cœur, je souhaite

qu'Amine tombe à nouveau amoureux.

— Tu vois quand je te disais simple… Regarde ce qu'il m'a écrit : « Je t'embrasse, passe une douce journée. »

Amine a perdu l'habitude des petites attentions.

Je ne peux m'empêcher de continuer de l'observer, avec toute ma tendresse dans les yeux.

Paris, 24 décembre, 09 h 00

Dès qu'Amine lève le rideau de fer, les allées et venues des clients nous remplissent de bonheur.

Chacun cherche son livre.

Il y a toutes sortes de recherches : le livre de dernière minute, le livre introuvable dans toutes les librairies, la perle rare, le « je ne sais pas quoi prendre », le dernier exemplaire, le « qu'est-ce qui marche en ce moment ? », le livre sans aucun affect comme cadeau pour la belle-mère, le livre de cuisine « comment ouvrir des huîtres en 3 minutes ? », le prix machin chose…

Mais le meilleur, c'est toujours le livre qu'on s'offre à soi-même.

Même si la nuit a été courte pour Amine, il se dévoue sans limites. Il renseigne, conseille chaque client avec la même attention. Il s'amuse des grands rêves des enfants qui attendent le père Noël. Il note, dans un carnet rouge, les souhaits merveilleux des petits comme des grands.

Amine raconte toujours la même histoire dont les enfants raffolent : il semblerait que le père Noël ait caché des friandises dans la librairie. Voilà comment, tous les 24 décembre, une chasse au trésor a lieu au milieu des histoires et entre les lignes.

Paris, 24 décembre, 16 h 30

Depuis l'ouverture, la librairie n'a pas désempli.

Quand, soudain, une femme fait son entrée en criant au milieu des rayons :

— Ma chérie, mais tu n'es pas encore prête ?

— Tata ?? Mais qu'est-ce que tu fais là ? Ce n'est pas possible, il n'est quand même pas 17 h 30 ?

— Non, il est 16 h 30. Amine m'a demandé de venir plus tôt. Nous préférons te savoir en avance à l'aéroport, car, si jamais tu oubliais encore quelque chose, nous pourrions faire un aller-retour.

Ma tête tourne aussi vite qu'un dirigeable en direction d'Amine. Un message me suit : tu vas me le payer cher, mais merci.

— Et puis tu sais bien qu'ils annoncent une tempête de neige ! Tu n'as pas écouté les infos ? Oh la la, tous les deux, il était temps que j'arrive ! J'ai comme l'impression que vous n'avez pas mis le nez dehors depuis ce matin, je me trompe ?

— Si, pour venir à la librairie, mais on n'a pas eu le temps de déjeuner.

— Je m'en doutais. C'est pour ça que je t'ai préparé un sandwich au thon, ainsi qu'à toi, Amine.

— Merci, tante Nicole, sourit Amine.

— Arrête de m'appeler comme ça, Amine ! Ça me vieillit, bougonne-t-elle.

Amine accourt vers elle pour l'embrasser. Et ma tante Nicole se remet à crier au milieu de la librairie.

— Et toi, Jule ? Tu ne viens pas m'embrasser ? Il faut tout demander, ici ! C'est quand même un monde !

Des clients regardent Nicole, d'autres me regardent. Je suis gênée, mais habituée, et je m'empresse à mon tour d'aller l'enlacer.

— Ça va, tata, j'arrive.

C'est souvent comme ça ; quand je suis avec elle, j'ai la sensation de ne jamais avoir grandi.

Nicole est veuve depuis un paquet d'années. Elle n'est à la retraite que depuis deux ans. Elle était tellement passionnée par son métier qu'elle a travaillé aussi longtemps que cela a été possible.

C'est une ancienne directrice d'école élémentaire. Quand elle exerçait, tout filait droit : aussi bien les élèves, les enseignants que les parents. Tout le monde la redoutait à cause de son air sévère, mais tout le monde espérait être dans son établissement.

Nicole était connue pour son investissement sans relâche auprès des enfants, des familles, et surtout pour son envie de faire de l'école un lieu où l'on aime apprendre, où l'on grandit, où l'on prend confiance.

Quand son mari est mort, elle a fait face.

Quand elle a cessé d'exercer son métier, c'était un peu plus compliqué. Elle avait des difficultés à ne pas aller saluer quotidiennement les enseignants à la sortie de l'école, comme une maman qui vient chercher son enfant. Elle écoutait les histoires des uns et des autres, donnait des conseils. Elle se sentait vivante.

La nouvelle directrice n'était pas du même avis et l'avait gentiment invitée à ne pas traîner aux alentours de l'école. Elle voulait un peu de place, prendre ses fonctions sereinement, et pouvoir l'accueillir à nouveau comme il se doit.

Nicole avait compris, elle n'était plus la bienvenue. Elle voulut donc organiser des réunions clandestines avec son ancienne équipe, les vendredis soir. En vérité, elle n'est jamais allée jusqu'au bout de cette idée farfelue, par respect pour la nouvelle.

Alors oui, Nicole a fait une petite déprime.

Comme de nombreuses personnes qui quittent un métier de passion dans lequel elles se sont tant investies.

Pendant plusieurs mois, elle a boudé ses anciennes amitiés, prétextant des rendez-vous dans tous les sens. Alors qu'elle restait chez elle, enfermée, à ne rien faire, juste ruminer.

Mais avec le temps, tata Nicole a fini par se ressaisir en trouvant une tout autre activité…

Une de ses amies lui conseilla de s'inscrire sur Internet. Elle lui présenta des sites de rencontres comme Jeunes retraités en pleine forme, pour ne pas finir seule et ronchonne, et surtout cesser de passer tout son temps comme une mégère devant l'école.

Aujourd'hui, je peux l'affirmer, son amie a eu une idée excellente, cela a fonctionné, elle a noué de nouvelles amitiés.

Mais l'une de ses rencontres s'est déroulée d'une manière étonnamment plus classique. Pendant cette période, Nicole a aussi croisé, par hasard, la route de Jean-Jacques – non pas sur Internet, mais dans la salle d'attente du dentiste. Une de ses applications de jeux en ligne sur son téléphone ne fonctionnait pas. Elle était en train de pester sur cet engin du futur et prête à s'en procurer un nouveau lorsque Jean-Jacques s'est proposé d'y jeter un œil.

L'affaire fut conclue par une simple mise à jour.

Alors maintenant, entre ses sorties, ses activités et ses dîners, son agenda est rempli. Ça me rassure de la savoir occupée, d'avoir rencontré quelqu'un qui saura prendre soin d'elle.

Car ma tante a toujours veillé sur moi depuis mon plus jeune âge. Elle m'a lu les plus belles histoires, m'a offert toutes sortes d'ouvrages. Elle m'a emmenée dans les expositions les plus inattendues, accompagnée au théâtre, au cinéma.

Comme j'étais celle du milieu, ma mère avait moins de temps pour s'occuper de moi entre son travail et mon petit frère. Nicole n'avait pas d'enfant, elle a naturellement pris le relais.

Elle m'a écoutée lui raconter mes histoires sans jamais me juger ; mes peurs, mes joies, mes secrets, mes désillusions et aussi mes chagrins. Elle a toujours répondu à chacune de mes questions le plus sincèrement possible. Tous ces moments passés avec elle étaient à chaque fois féeriques. Et depuis, même en vieillissant, nous sommes restées très complices.

Alors qu'Amine prend son sandwich des mains de Nicole, il lui glisse discrètement dans le creux de l'oreille :

— Nicole, êtes-vous au courant de cette histoire de pamplemousse ?

— Hein ? Mais de quoi me parles-tu ?

— C'est Jule, vous n'allez pas le croire. Elle a fait une liste sur un bout de papier… Bye bye le carnet. Sur cette feuille, elle a inscrit *pamplemousse* parmi une liste de choses à ne pas oublier pour le voyage. Quand je lui ai posé la question, elle est restée très évasive…

— Tu en es sûr ? Pas de carnet ?

— Je l'ai vu de mes propres yeux, tante Nicole.

— Ouh, fais attention à toi, jeune homme, ou je reprends mon sandwich !

Amine lui offre un petit sourire avec un clin d'œil.

— Je ne suis au courant de rien, ajoute-t-elle. Ne t'en fais pas, je vais la cuisiner dans la voiture. En général, elle ne me cache rien.

Amine, la bouche pleine, passe derrière la caisse et me lance :

— Allez, Jule, file ! Mathias t'attend, je n'ai pas envie d'être tenu pour responsable si jamais tu ne montes pas dans cet avion ! Et puis tante Nicole n'est pas arrivée en avance pour rien.

— Amiiiiine ! gronde Nicole.

— Pour être tout à fait honnête, je suis parfaitement capable de m'en sortir sans toi. Au pire, je monterai un lit de camp dans la librairie et j'attendrai le père Noël ici ! dit-il en rigolant. De toute façon, personne ne m'attend pour dîner… enfin, à part mon Robert, évidemment.

— Ohhhh, Amine, te savoir tout seul le soir du réveillon, ça me chagrine. Tu peux te joindre à moi ce soir, si tu veux. Je serai avec Jean-Jacques et ses amis.

— Merci, Nicole, c'est adorable, mais j'ai eu une nuit un peu agitée… répond Amine en me regardant d'un œil complice. Ça me fera du bien de me reposer.

— Bon, ce n'est pas tout ça, je veux bien me dépêcher, mais si vous commencez à vous raconter vos vies, on ne va jamais s'en sortir.

Amine me tend mon manteau, et Nicole mon écharpe.

— Par contre, arrêtez de me presser, ça me stresse ! Après, j'oublie des choses et c'est la catastrophe !

— Mais personne ne te presse, ma chérie, c'est juste que nous prenons un peu d'avance ! Tant que tu as ta carte d'identité et ton billet, tout ira bien, ajoute Nicole.

Pour les faire taire, je sors ma pochette rose

fluo, que je m'empresse de remettre aussitôt dans son sac.

— Comme toujours, tout en discrétion ! s'amuse Nicole.

Je m'approche d'Amine.

— Merci pour tout, chaton ! Je t'adore, tu sais.

— Arrête, tu ne vas pas me faire pleurer devant les clients, quand même !

Amine me prend dans ses bras, me serre fort contre lui et me dit tout bas :

— Je ne veux pas te revoir ce soir, amore…

— Promis.

J'enfile ma parka, attrape ma valise que Nicole s'empresse de pousser. Je vérifie une dernière fois mon billet d'avion et ma pièce d'identité.

— C'est bon, Tata, on peut y aller !

— Jule, ton bonnet ! crie Amine.

— Je le garde !

Je lui envoie un baiser de la main et quitte la librairie, bras dessus, bras dessous, avec tante Nicole.

Paris, 24 décembre, 16 h 39

Nicole possède une petite voiture. Elle veut pouvoir se garer n'importe où ; « dans un mouchoir de poche », comme elle aime dire.

En glissant la valise dans le coffre, elle déclare :

— Heureusement que tu ne pars pas en vacances pendant trois semaines, je ne sais pas comment nous aurions fait avec une autre valise ! Allez, grimpez dans mon carrosse, Cendrillon !

La voiture démarre. Au premier feu rouge, je commence à scruter les fenêtres des immeubles.

— Tata, tu te souviens quand j'étais petite et qu'on s'amusait à compter les sapins qui étaient près des fenêtres ?

— Oui.

— Pourquoi tu me réponds « oui » comme ça ?

— Rien. C'est juste le temps qui passe trop vite. Ça me rappelle un peu plus que je vieillis. Eh bien ! Si ça bouchonne déjà à l'entrée du périphérique, nous ne sommes pas près d'arriver à Orly ! Mais regarde-moi celui-ci, il a eu son permis dans une boîte surprise ? Et le clignotant, c'est une option ?

La voiture de Nicole avance tant bien que mal sur la route. La neige tombe de plus en plus fort, des voitures sont arrêtées sur le bas-côté.

Tout à coup, mon téléphone sonne.

— Tiens, c'est Amine, il doit sûrement se passer quelque chose à la librairie.

— Ben décroche ! s'agace Nicole.

— Allô Jule, alors, t'es arrivée à Orly ?

— Non, pas encore. Il y a beaucoup de monde sur la route et tante Nicole a rencontré sa meilleure amie aujourd'hui, j'ai nommé madame patience !

— Arrête, Juliette ! Ce n'est pas drôle, je n'ai pas envie qu'il nous arrive quelque chose !

— Jule, écoute, je ne t'appelle pas pour ça. J'ai une bonne et une mauvaise nouvelle. Laquelle veux-tu en premier ?

— La bonne.

— Tu ne les as pas perdus !

— Comment ça ? Je ne comprends pas ! Mais c'est quoi, la mauvaise nouvelle alors ?

— Désolé, mais tu as oublié les cadeaux…

Silence d'Amine

— Eh meeeerde ! Ce n'est pas vrai, j'ai

oublié les cadeaux !

— Pas de grossièretés, Jule, tu sais que j'ai horreur de ça ! Je te préviens, on ne fera pas d'aller-retour pour aller les chercher. Regarde l'autre voie, c'est une catastrophe. Le cadeau, ça sera toi !

Je tourne légèrement la tête. Là, c'est pire que ce que j'imaginais, les voitures sont complètement à l'arrêt.

— Amine, t'es toujours là ?

— Oui, je suis là. Ce n'est vraiment pas de bol. Qu'est-ce que tu comptes faire ?

— Je n'en sais rien. Je vais essayer de leur trouver quelque chose à l'aéroport. Je n'ai pas d'autres solutions de toute façon !

— Ah ça, crois-moi, tu n'en as pas d'autres ! crie Nicole.

— Bon bah, je vais raccrocher. Je vois qu'il y a une sacrée ambiance dans la voiture.

— Comme tu dis ! Ça m'a fait plaisir que tu m'appelles ! Je me sens hyper détendue d'un coup !

— Bon, je vous laisse les filles, AU REVOIR, TANTE NICOLE…

— AMINE.

— Allez, à plus !

— Eh ben, il ne manquait plus que ça… marmonne Nicole.

Je ne réponds pas. Je sens qu'elle est déjà

assez tendue. J’espère que les relais et autres boutiques de l’aéroport seront assez fournis pour dénicher des petits trésors.

Sur la route, 24 décembre, 17 h 15

Depuis l'appel d'Amine, le silence règne en maître dans la voiture. Je me décide à crever l'abcès.

— Allez, tata, ce n'est pas si grave, c'est juste des cadeaux !

Elle ne me répond toujours pas, mais je ne désespère pas.

— Bah dis donc, je vois que ta nouvelle activité yoga te fait le plus grand bien !

— Ce n'est pas ça, le yoga, j'adore, je me suis fait de nouvelles amies. C'est juste que je me pose des questions sur Jean-Jacques.

— Comment ça ? Qu'est-ce qui cloche avec Jean-Jacques ? Tu ne vas pas commencer à chercher la petite bête !

Tout en ayant les mains agrippées sur le volant, elle poursuit.

— On est tellement différent lui et moi. Et puis il y a cet écart, tu sais bien que nous n'avons pas le même âge.

— Et alors ? Cela n'a aucune importance. Tu as l'impression que Mathias et moi on se ressemble, peut-être ? Il passe son temps à ranger et moi à tout déranger. Il aime regarder les matchs de rugby et moi les compétitions de tennis. Il dévore les bandes dessinées, alors qu'en ce qui me concerne j'affectionne la poésie et les romans… Je peux continuer si tu veux, la liste est encore très longue. Et puis pourquoi me parles-tu de vos différences ? Tu ne vas quand même pas le quitter le soir du réveillon ! je m'insurge.

— C'est bien tout le contraire, ma Jule. Il veut qu'on habite ensemble.

— Quoiiiiiii ? Mais c'est génial !

Je saute de joie sur le siège passager tout en passant mes bras autour de son cou.

— Arrête de crier et de gigoter comme ça ! Je conduis !

Je jubile de l'intérieur, je ne pouvais pas mieux rêver pour elle. Nicole reprend le fil de la conversation et je l'écoute se confier.

— Est-ce qu'à 67 ans, on peut à nouveau vivre avec quelqu'un ? J'ai mes habitudes, il faut qu'il les accepte ! Je ne sais pas si je suis prête à chambouler toute ma vie. Et puis il aime les chiens et moi les chats, ça ne va pas ! Tu comprends ? On était bien comme ça, chacun chez soi, quelques jours par-ci par-là !

Pourquoi veut-il tout bouleverser ?

— C'est très simple, tout ce que je vois, c'est que Jean-Jacques est fou amoureux de toi ! Il se moque de ton âge, de tes habitudes, il a envie de vieillir à tes côtés… tu pourrais avoir 93 ans et être toute fripée, il t'aimerait quand même. Et puis vous avez quoi, 5 ans d'écart ?

— Mais qu'est-ce que tu crois ? Ça compte à nos âges !

— Quand dois-tu lui donner une réponse ?

— Je lui ai dit que je donnerai ma réponse dans la nuit de Noël. Ça fait trois semaines qu'il m'en parle quasiment tous les jours.

— Mais toi, est-ce que tu en as envie ?

— Je ne sais plus où j'en suis… je suis complètement déstabilisée. J'ai fait un tableau en inscrivant les « pour » et les « contre ». Et le soir, je me couche en pensant que vivre avec lui serait formidable, et le matin je me réveille en me disant que c'est hors de question ! Il me reste encore quelques heures pour réfléchir et prendre une décision. Après, je peux toujours essayer ! Sinon… dis-moi… pour changer de sujet… il semblerait que tu aimes les pamplemousses maintenant ?

— Hein ???

Ah bravo, merci Amine pour ta discrétion, je pense dans ma tête. Maintenant, elle ne va plus me lâcher. Comment vais-je faire pour m'en sortir ?

— Amine a raison, tu caches quelque chose ! Qu'est-ce que vous mijotez avec Mathias ? Vous comptez déménager, c'est ça ? Et puis quoi, je vais me retrouver toute seule comme une vieille chaussette ? Vous me placerez dans un EHPAD où personne ne viendra me rendre visite. J'attendrai toute la journée près de la fenêtre en espérant vous voir arriver…

— Mais qu'est-ce que tu racontes ? C'est quoi encore, ce scénario catastrophe ? Et puis tu as Jean-Jacques ! Je te le promets, tu ne finiras pas en EHPAD ! Oh, et puis zut, j'ai bien le droit de faire ce qui me plaît sans avoir le sentiment d'être obligée de tout vous raconter, je m'énerve.

Heureusement, à ce moment-là, Jean-Jacques appelle Nicole. Sa voix résonne dans tout l'habitacle.

— Oui, allô ? Un monde sur la route. Mais nous ne sommes plus très loin d'Orly. Jule, note le code pour moi sur ce papier, s'il te plaît, AB472. C'est quel étage, déjà ? À tout à l'heure, oui, ne t'en fais pas, je serai à l'heure.

Et elle raccroche.

— Oh, ce Jean-Jacques, il ne changera jamais…

Dans la voiture, le silence a repris la

première place. Je sens que Nicole m'observe, elle porte sur moi un regard plus doux.

— Je ne vais pas insister. De toute façon, je sais que parfois tu peux être une vraie tête de mule. Alors, à quoi bon ? Tu pourras toujours venir voir ta vieille tante dans son EHPAD pour m'en parler…

— Oh, tata !

Orly se rapproche, les panneaux des différentes aérogares apparaissent, et la neige ne s'est pas arrêtée, bien au contraire…

Aéroport d'Orly, 24 décembre, 18 h 07

— Je vais te conduire jusqu'au « dépose minute », comme ça, tu seras directement au niveau des enregistrements.

— Merci, tata, tu es un amour.

— Arrête avec tes « merci, tata », tu es mon unique nièce ! Tu es comme ma fille, tu le sais, ça !

Nicole a la voix qui déraille, ses yeux sont mouillés, elle renifle. À mon tour, je me sens toute chose.

En ce qui concerne l'accès au « dépose minute », disons que cela a été un peu plus long que prévu… D'ailleurs, cette appellation n'a aucun sens puisque certains stationnent plus que de raison.

Nicole n'a cessé de crier dans la voiture ; sur ceux qui n'avançaient pas, ceux qui sortaient les bagages en plein milieu de la route, ceux qui s'arrêtaient sans prévenir, ceux qui s'attardaient… avec, en bonus ; la neige.

Un bonheur. Je n'avais plus de tympans. Avec Nicole, pas besoin de sonotone.

Enfin, nous nous garons.

— Allez, dépêche-toi, ma Jule, tu as encore tout le temps de monter dans cet avion.

— Tata, tu vas t'en sortir pour le retour ?

— Ne t'en fais pas, mon dîner est à 20 h. Envoie-moi un petit message quand tu seras dans l'avion… pour me rassurer.

— Ne t'inquiète pas, profite de ta soirée, cette année, je serai avec Mathias pour le réveillon !

Je descends de la voiture, Nicole a déjà sorti ma valise de son coffre.

Je retire mon bonnet rouge et le dépose sur sa tête. Elle me regarde en m'offrant un sourire empli de tendresse.

— Grâce à cet accessoire tout à fait tendance, tu feras sensation en arrivant à ton dîner !

— La mère Noël en personne, quelle chance ! Allez, approche que je t'embrasse.

Elle m'enlace un peu plus que d'habitude, comme si elle avait un pressentiment.

— Au revoir, tata.

J'attrape ma valise et me fraye un chemin au milieu des au revoir et des voyageurs. Nicole me suit des yeux. Cachée derrière un poteau, je l'observe grimper dans sa voiture.

Je ne peux pas l'entendre, mais je devine sur ses lèvres :

— Oh, ma Jule, j'espère que cette fois-ci tu monteras dans cet avion…

Elle démarre, enclenche son clignotant et tape sur le volant tout en pestant certainement sur la météo et ceux qui lui bouchent le passage. La voiture s'éloigne, j'ai un sourire dans le cœur.

Les portes automatiques se referment, j'entre dans l'aéroport. À peine à l'intérieur, l'affluence et une vague de chaleur me font tourner un peu la tête. C'est bruyant. Je sens de l'électricité dans l'air.

J'entends des :

— Non, mais vous vous foutez de moi ?

Ou encore des :

— Mais cette compagnie, c'est vraiment une blague ! Ça fait trois heures qu'on attend, c'est une honte !

— Je n'ai jamais vu ça !

— Vous pensez vraiment qu'on va passer notre réveillon ici, peut-être ?

— Quelqu'un va-t-il nous prendre en charge ?

— À cause de votre mauvaise gestion, je vais rater ma correspondance.

— J'exige un remboursement !

— Comment ça, vous avez perdu ma

valise ?

Je lève la tête et cherche du regard l'écran indiquant les départs.

— Mince, pourquoi est-ce autant le bazar ? Qu'est-ce qui se passe ?

Ce n'est pas grave, concentrons-nous. Alors, mon numéro de vol c'est le AF6927. Ouf, « retardé » ! Ma petite Juliette, on se détend, on respire, tu vas y arriver, il n'y a pas de raison que ça ne fonctionne pas cette fois-ci ! Tu vas monter dans cet avion !

Souvent, quand je stresse ou que j'essaye de me recentrer, je me parle à moi-même à voix haute. Je ne fais plus attention à ce qui se passe autour de moi. Ça m'apaise, mon rythme cardiaque se calme. Peut-être que les personnes âgées sont assez angoissées parce qu'elles parlent souvent toutes seules.

Un agent de la compagnie passe à côté de moi.

— Monsieur, s'il vous plaît, bonjour… Sans vouloir vous ennuyer, j'aimerais savoir où se trouve l'enregistrement des bagages pour le vol AF6927 à destination de Nice.

Je lui montre mon billet.

— Vous permettez ? Laissez-moi regarder.

— Merci, c'est très gentil à vous.

Il consulte sa tablette et reporte mon numéro de vol dans des cases.

— J'ai débuté mon service il y a à peine une heure. Depuis que je suis là, vous êtes la première personne agréable que je croise ! Les voyageurs pensent que nous sommes responsables des annulations. Et, pour ne rien vous cacher, c'est bien connu, nous faisons la pluie et le beau temps.

J'ai envie de rire. Je ne sais pas comment il fait pour ne pas perdre patience. Peut-être qu'ils suivent une formation sur les sautes d'humeur des gens ? C'est vrai qu'en librairie, les clients ne se plaignent pas de la même façon ; ils sont plus critiques sur le fond, la forme…

— Alors, pour l'enregistrement, c'est au niveau du Hall 2 pour votre vol à destination de Nice.

— Merci, monsieur, pour toutes vos explications.

— Suivez-moi, mademoiselle, je vous accompagne.

C'est mon jour de chance, je pense.

— Vous avez bien votre pièce d'identité ?

— Oui, oui ! je réponds en montrant ma pochette rose fluo.

L'agent du sol la regarde et sourit…

— Un oubli récent, on dirait.

Cette fois, je rougis. Il m'a démasquée.

— On ne peut rien vous cacher !

— Voilà, c'est ici ! Bon, je ne vous garantis pas le départ de votre avion, mais vous pouvez déjà vous enregistrer, ainsi que vos bagages. Je vous souhaite un joyeux Noël.

— Encore merci et joyeux Noël également. Et bon courage, surtout !

À peine a-t-il le dos tourné, que l'agent se fait alpaguer par un couple de retraités.

Okay, Jule. C'est à toi de jouer, maintenant ! Alors, comment fonctionnent ces machines ? C'est vraiment étrange, l'année dernière, il y avait bien des agents derrière les comptoirs, je ne les ai tout de même pas rêvés ! Allez, c'est facile, je n'ai qu'à imaginer que je suis derrière la caisse de la librairie, je vais réussir à me débrouiller.

Je suis les indications sur l'écran et, au bout

de quelques clics, je réussis à enregistrer mon bagage.

Ça, c'est fait, bravo, ma Jule !

Orly, 24 décembre, 18 h 36

Math poêles

Coucou, bien arrivée à l'aéroport ?
T'as enregistré tes bagages ? Bisous, ma Jule.

Oui, je suis fière de moi, c'est bon !
Mais mon avion a du retard.

Pourquoi ?

À cause de la neige, il y a une tempête !

C'est bizarre... chez nous, il fait super beau !
Combien de temps de retard ?

1 heure.

D'acc, mais alors, tu ne seras jamais
à l'heure pour l'apéro ?

Non, je ne pense pas... Vous n'aurez
qu'à commencer sans moi, tu trinqueras
pour nous deux ! Mais si tu veux, je peux
m'adresser directement au commandant
de bord pour qu'il fonce une fois dans le ciel !

Très drôle…

Je te donnerai des nouvelles, ne t'en fais pas. Bisous

Je commence à ressentir de l'agacement dans ses messages. J'ai l'impression qu'il n'a pas confiance en moi, que j'invente des prétextes ou alors que je le fais exprès. Comme si je manigançais quelque chose.

J'en arrive même à me demander si une espèce de malédiction ne se serait pas abattue sur le réveillon de Noël. Pourtant, je ne suis pas superstitieuse. De toute façon, je ne peux rien y faire, je n'ai qu'à attendre. Puis, surtout, j'ai d'autres préoccupations, comme trouver des cadeaux ! Et ça, ce n'est pas une mince affaire…

Je pars en direction des boutiques de l'aérogare.

Je commence par choisir des livres pour les petits comme les grands. Je constate que les points de relais sont plutôt bien fournis. Je suis rassurée quand je repère Victor au milieu des H. Il occupe une très grande place. Encore heureux ! On parle de Victor, tout de même !

Orly, 24 décembre, 19 h 22

Les annonces s'enchaînent et les vols s'annulent à la pelle.

L'aérogare n'a pourtant pas désempli. Il y a du monde partout : des gens qui patientent, avec ou sans valise, endormis sur des banquettes, scotchés sur leur portable ou leur tablette, devant des livres, casque sur les oreilles, songeurs, des enfants qui courent, qui jouent à cache-cache, des parents qui en ont par-dessus la tête…

En résumé, la vie d'un aéroport.

Malgré tout ce tumulte, je ne me décourage pas et continue mes achats. Tout en cherchant la suite des cadeaux, je continue de visualiser mon avion qui décolle avec moi en passagère. Et, pour ça, j'ai une technique bien à moi ; je répète des petits mantras : s'il vous plaît, père Noël, faites que mon avion décolle. S'il vous plaît, j'ai été très sage, merci de m'aider à monter à bord de cet avion…

Après avoir passé le contrôle de sécurité

(sans l'avoir fait sonner !), je me dirige vers la baie vitrée.

Je regarde la piste.

Il fait nuit, la neige continue de tomber à gros flocons et les avions sont cloués au sol.

— Je vais partir, je vais partir… je me répète tout bas.

Mon portable vibre dans ma poche. Un nouveau message de Math poêles s'affiche.

Math poeles

Je viens aux nouvelles...

Toujours rien !

Pffffffff...

Je range mon portable dans ma poche. J'en ai assez de lui répondre, s'il n'est pas content, tant pis pour lui. Et puis quoi encore, je ne suis quand même pas responsable de la météo…

En plus, je commence à avoir faim. Cela peut me mettre de mauvaise humeur. Autant parer à ce problème rapidement, je décide de faire la queue à la cafétéria.

Orly, 24 décembre, 20 h 24

Mon portable sonne à nouveau. Une vidéo est lancée et trois visages apparaissent : maman, papa, et Alex.

— Joyeux Noël, ma chérie !

— Joyeux Noël, Jule !

— *Merikurisumasu*, Jule !

— Oh, je suis tellement contente de vous voir et de vous entendre ! C'est déjà Noël chez vous ? Il est quelle heure à Tokyo ?

— Il est trois heures du matin, me répondent-ils tous en chœur.

— Ton père a insisté pour qu'on ne se mette pas au lit sans t'avoir souhaité un joyeux Noël. Il a piqué un peu du nez vers une heure du matin, c'est à cause de l'alcool de riz. Il n'a pas l'habitude, mais figure-toi qu'il en raffole.

Elle rit et j'ai envie de rire avec elle.

— Mais qu'est-ce que tu racontes ? Passe-moi le téléphone ! Alors, ma Jule, tu es bien arrivée ? Ça te plaît la douceur de l'air marin ? Allez vous promener ce soir tous les deux sur le bord de mer. Tu vas voir comme c'est agréable de passer Noël sur la Côte d'Azur !

— C'est-à-dire que… je ne suis pas encore partie.

Je tourne la caméra, je prends une voix de journaliste et me lance dans un reportage en direct à l'aéroport d'Orly, un 24 décembre !

— Mesdames et messieurs, bienvenue à l'aérogare !

— Han, mais ce n'est pas possible, râle ma mère.

Je tourne à nouveau la caméra.

— Il y a une tempête de neige, tous les vols sont soit retardés, soit annulés. Je ne sais pas si je vais pouvoir partir. À mon avis, Mathias va m'en vouloir à vie !

Alex prend le téléphone à son tour :

— Jule, écoute, c'est pour toi :

Cette nuit
Traverse le ciel
Un avion de Noël

— Merci, Alex. C'est toi qui as écrit ce haïku ?

— Oui ! Je m'entraîne. Ce n'est pas parfait, là, il manque une syllabe. Mais ça va te porter bonheur. Tu vas partir, t'inquiète !

— J'espère…

Je lui envoie un cœur avec mes mains. Ma mère reprend le téléphone.

— Tu veux que j'appelle Nicole pour qu'elle

vienne te chercher ?

— Non merci, maman, c'est gentil, je vais me débrouiller.

— Mais, arrête donc ! Elle va partir, on te dit ! Ma Jule, tu es la meilleure et si ton Mathy ne te croit pas, il aura affaire à moi !

Je rigole, mais je commence à avoir les larmes qui montent dans mes yeux.

— Bon, je dois vous laisser, ils sont en train de faire des annonces, et je n'y comprends rien. Je vous envoie une photo demain de la mer, promis ! Je vous aime. Bisouuuuuuusssss.

— On t'aime, Jule !

— Bisous.

Je raccroche, ils me manquent, j'aimerais les avoir près de moi. Je pose mes deux mains sur mes joues en me demandant comment je vais faire, ça sent le ragoût de mouton cette histoire…

Orly, 24 décembre, 21 h 23

Mathias ne cesse m'appeler. Il devient de plus en plus désagréable. Je fais tout pour garder mon calme.

— Mais ce n'est pas de ma faute tout ce qui arrive, tu sais bien que j'ai envie d'être avec toi ! Regarde les informations, si tu ne me crois pas ! Tu ne penses pas que je préférerais être à table avec vous, à manger de bonnes choses plutôt que d'être devant un vieux sandwich, avec un thé froid en plus ?! Je te préviens dès que j'ai plus d'infos.

Si j'arrive à en avoir, je pense.

— Bisous.

Mais Mathias a déjà raccroché.

Je n'en reviens pas. Je ne peux pas être tenue pour responsable des retards, mince alors !

J'envoie un message à Amine :

Je pense que tu vas pouvoir préparer mon assiette. Il ne reste que deux avions en course.

Amine

Tu vas partir, et puis de toute façon je ne suis pas seul !

Orly, 24 décembre, 21 h 26

Tout à coup, je sens un petit tapotement sur mon épaule.

— *Excuse me*, mon français n'est pas très correct, et je ne veux surtout pas me mêler de ce qui ne me regarde pas, mais à votre place, j'arrêterais de me justifier.

Je me retrouve face à une dame anglaise un peu âgée, mais très coquette.

— Merci, vous avez sans doute raison !

— *Sorry*, je ne me suis pas présentée, je m'appelle Fiona.

— Enchantée. Moi, c'est Juliette.

— Navrée d'avoir un peu écouté votre conversation. Et je suis très désolée que votre fiançaille ne comprenne pas la situation.

Je souris.

— Mon fiancé, vous voulez dire.

— *Exactely*, très chère.

— C'est juste que l'année dernière, je n'ai pas pu prendre l'avion, car j'avais oublié mes papiers d'identité. J'ai simplement l'impression que le sort s'acharne une fois de plus.

— Alors c'est donc ça, il vous en veut. Mais ça n'a aucune importance, parce que ce qui compte c'est qu'il ait envie de vous avoir à ses côtés ! Nous, les femmes, on pense à beaucoup de choses et on en oublie aussi plein. C'est parce qu'on a la tête qui se charge… et parfois pour rien.

Ces mots résonnent en moi.

— Heureusement, je ne lui ai pas dit que j'avais oublié les cadeaux !

Je me mets à rire et elle m'accompagne volontiers, ça me fait un bien fou.

— Où allez-vous, très chère ? Nice ou Marseille ? De toute façon, il n'y a plus que ces deux avions !

— Je vais à Nice, je lui réponds, et vous ?

— À Nice également, je vais rencontrer ma petite-fille pour la première fois. Elle a deux ans ! Je n'ai vu d'elle que des photos ou des vidéos par Skype. Elle s'appelle Agnès. Ma fille vient de rentrer de son tour du monde en bateau. J'arrive de Londres aujourd'hui, j'ai déjà fait la moitié du trajet ! Alors, hors de question de passer la nuit ici, même si cette ville me fait toujours autant rêver, car, si vous voulez tout savoir, c'est à Paris que j'ai eu ma première histoire d'amour.

Et Fiona commence à me conter son histoire.

— J'avais 23 ans. J'étais en vacances en France avec deux amies. Il était vendeur de journaux. D'ailleurs, il aurait pu me vendre n'importe quoi, je lui aurais tout acheté. Il avait un visage d'ange et un tel bagout, c'est bien comme ça que vous dites ?

— Oui, c'est exact.

— Notre séjour s'achevait. Mes deux amies sont parties et j'ai décidé de rester à Paris avec lui. J'ai prévenu mes parents qui m'ont sommée de rentrer immédiatement. Mais j'ai choisi l'amour et je ne suis pas retournée en Angleterre.

J'ai l'impression qu'elle me lit un roman d'amour. Tout en écoutant son histoire, j'oublie, Paris, Orly, Nice et ce voyage au son de la voix de Fiona. Un délice…

— À l'époque, il habitait une chambre de bonne au sixième étage, rue Saint-André des Arts. On passait nos dimanches à écouter des vinyles, à flâner sur les bords de Seine. Les samedis soir, nous allions danser dans les caves de Saint-Germain jusqu'au petit matin. Nous patientions parfois sur un banc jusqu'à l'ouverture des boulangeries.

— Et c'est avec lui que vous avez eu votre fille ?

— Non, ça, c'est une autre histoire. On n'avait pas beaucoup d'argent, je travaillais comme assistante de bibliothèque trois jours par semaine. Ohhh, j'ai aimé cette vie, notre vie, cette légèreté, cette insouciance. J'étais tombée amoureuse de lui, comme de Paris. Trois années plus tard, nous nous sommes mariés ; même si nos familles n'appréciaient pas notre union. Le jour de notre mariage, mes cheveux étaient ornés d'une couronne de pâquerettes. Je ne sais pas pourquoi je vous confie ce détail. Je pensais que les pétales de ces petites fleurs symbolisaient les années que nous allions partager ensemble. À cette époque, je pensais que l'amour pouvait résister à tout. Et puis ma mère est tombée malade. J'ai dû rentrer à Londres pour m'occuper d'elle et aider mon père. Cette séparation briserait le cœur de n'importe quels amoureux. Je versais des larmes silencieuses dans le creux de ses bras. J'avais le sentiment que la tendresse qui nous enveloppait allait disparaître pour toujours. Au départ, on se téléphonait tous les jours. On s'écrivait des lettres passionnées. Il me glissait des pâquerettes dans ses courriers. Je pensais que notre amour pouvait survivre à tout. Mais le temps s'est étiré. Il a introduit quelque chose entre nous que nous n'avions jamais connu depuis notre rencontre : la distance. Au bout de quelques mois, ma mère nous a quittés et je suis restée avec mon père.

Mon chagrin s'était une nouvelle fois alourdi. Je n'ai pas trouvé la force de revenir à Paris, je ne savais pas comment le lui dire. J'ai continué à lui téléphoner, mais mes appels restaient sans réponse. Je lui écrivais toujours des lettres, qui, elles aussi, n'avaient plus de réponses. Un jour, j'ai reçu une lettre de l'Administration française qui m'annonçait son décès, sans aucune explication. C'est parce que nous étions toujours mariés que j'ai su, sinon… J'ai pleuré pendant des semaines, je m'en suis voulu d'avoir laissé notre belle histoire ainsi. Mais, au fond de moi, j'ai cette sensation étrange qui me dit que ce n'est pas vrai, qu'il est toujours vivant dans notre Paris d'amour.

Fiona se tait. Les mots restent silencieux. Je suis émue et tente de contenir mes larmes. Elle m'attrape la main.

Orly, 24 décembre, 21 h 51

Une musique d'aéroport résonne et me sort de mes pensées.

— Mesdames et messieurs, votre attention, s'il vous plaît ! Nous sommes heureux de vous annoncer que nous allons procéder à l'embarquement du vol AF6927 à destination de Nice. Nous invitons, dans un premier temps, les passagers des rangées 18 à 26 à bien vouloir se présenter en porte d'embarquement, merci pour votre patience et joyeux Noël !

Une autre annonce est faite, mais cette fois en anglais. J'observe Fiona, elle se réjouit elle aussi de cette merveilleuse nouvelle, nous nous sourions. Dans la salle d'embarquement, des cris de joie, des applaudissements retentissent. Le seul avion qui décolle ce soir, c'est celui de Nice. Il semblerait que le père Noël existe !

Je regarde mon billet, je suis au 18C.

— Fiona, je dois y aller, ils ont appelé ma rangée. À quel siège êtes-vous ?

— 12F. Mais peu importe la place. Ce soir, ce qui compte, c'est que nous partons, très chère !

Je me lève, je remercie Fiona pour cette parenthèse inattendue, puis je me dirige vers la porte d'embarquement. Après la vérification de mon billet, puis le fameux « bon voyage », j'avance avec légèreté sur la passerelle jusqu'aux portes de l'avion.

Tout l'équipage accueille les passagers avec un bonnet du père Noël sur la tête ! Zut ! J'aurais dû garder le mien, comme ça, j'aurais pu me faufiler ni vu ni connu dans le cockpit.

— Bonsoir, soyez la bienvenue à bord !

— Merci.

Je n'en reviens pas. Je suis dans l'avion ! J'ai envie de dire à chaque personne que je croise : « Vous vous rendez compte ? Je suis dans l'avion ! » J'ai un sourire collé sur le visage.

Arrivée au 18C, je range mes achats dans le coffre au-dessus de ma tête. Je m'installe et savoure cette victoire. Après avoir attaché ma ceinture et m'être calée dans mon fauteuil, je remarque que tous les visages des passagers sont heureux.

Ahhhh, je suis dans l'avion et nous allons décoller dans quelques minutes. C'est un miracle… vite, je fais un vœu ! Concentrée sur mon souhait, je respire profondément. Je rêve aux petits plats qui m'attendent, à une tartine de fromage et surtout à la bûche de Noël. J'avoue, je suis morte de faim. Mais la pause gourmande virtuelle s'arrête d'un coup quand je réalise que je n'ai pas envoyé de message à Nicole.

Vite, je sors mon portable !

Merde 1 % de batterie !

Je m'apprête à attraper mon chargeur, et là, double catastrophe. Non seulement je dois être dans le seul avion dans lequel on ne peut pas charger son téléphone, mais aussi j'ai oublié mon chargeur… Tout cela se passe de commentaires.

J'ai à peine le temps d'envoyer le message que mon portable s'éteint.

Oh purée, j'espère qu'elle l'a reçu, sinon elle va s'inquiéter.

À ce moment-là, j'ai envie de pleurer. Je réalise que, dans la précipitation, je n'ai même pas pensé à écrire à Mathias. Et maintenant, c'est trop tard.

— Mesdames et messieurs, nous sommes ravis de vous accueillir à bord de cet avion à destination de Nice ! Notre temps de vol est de 1 heure et 20 minutes. Nous vous rappelons que, cette nuit, vous pourrez peut-être apercevoir le père Noël… Alors, gardez les yeux bien ouverts !

Je regarde entre les sièges pour essayer de repérer Fiona, mais je ne la trouve pas. J'en viens même à me demander si j'ai vraiment vécu ce moment et si cette femme est bien réelle.

Nouvelle annonce :

— Mesdames et messieurs, ici votre commandant de bord, je suis très heureux d'être avec vous ce soir, en cette nuit de Noël. Le comptage est terminé, nous allons pouvoir procéder au décollage. Merci de garder vos ceintures attachées pendant toute la durée du vol.

Nouvelle annonce à l'équipage :

— PNC aux portes, armement des toboggans.

L’avion décolle.

Il est 21 h 58.

Mon cœur entier sourit.

Dans les airs, 24 décembre, 22 h 38

L'équipage est très attentionné avec chacun de nous. Je me dis que ça ne doit pas être évident pour eux d'être éloignés des leurs pendant les fêtes.

Durant une bonne partie du vol, j'ai les yeux fermés. J'essaye de prendre des forces, car je ne sais pas comment je vais retrouver Mathias. Déjà, l'adresse est dans mon portable. Quelle idée... Je devrais utiliser les bons vieux carnets d'adresses, c'est tellement plus sûr. J'espère pouvoir me repérer la nuit dans Nice, enfin, le Vieux-Nice et ses petites ruelles colorées. J'ai quelques lieux en tête pour m'aider. À moins que je demande à Fiona de me prêter son téléphone lorsqu'on aura atterri ?

Je souffle. Je sens que mon voisin m'observe et qu'il a envie d'engager la conversation. Pour une fois, une toute petite fois, je n'en ai pas l'envie ni l'énergie d'écouter ou de faire un effort, même si c'est le soir de Noël. Je prends une grande respiration et fais mine de dormir ; ça m'amuse.

Je me suis peut-être véritablement assoupie, car une hôtesse me réveille pour m'offrir à boire et quelques gâteaux. Un steward passe avec des chocolats un peu avant la descente. Je le laisse fondre dans ma bouche.

Dix minutes plus tard, nouvelle annonce :

— Mesdames et messieurs, nous allons bientôt débuter notre descente à destination de l'aéroport de Nice. Contre toute attente, la température extérieure est de 1 degré. Nous espérons que vous avez passé un agréable voyage. Nous vous souhaitons, au nom de toute la compagnie, un joyeux Noël et une excellente fin d'année.

À travers le hublot, j'aperçois les lumières qui scintillent sur la côte, c'est magnifique.

Aéroport de Nice, 24 décembre, 23 h 18

— Mesdames et messieurs, nous venons d'atterrir à l'aéroport de Nice, il est 23 h 18…

Mon cœur bat à toute vitesse. Il faut que je retrouve Fiona pour contacter Mathias.

Je pense à lui, à la librairie, au pamplemousse, à ma famille. Tout se mélange.

L'avion s'arrête à son point de stationnement. Les portes s'ouvrent et les passagers commencent à descendre. À la sortie de l'avion, Fiona m'attend. Je suis heureuse et soulagée ; je n'ai pas rêvé ce moment.

— Quel dommage de ne pas avoir fait ce trajet ensemble ! Nous aurions pu continuer notre petite conversation entre dames.

— Je suis bien d'accord avec vous, Fiona, cela aurait été des plus charmants.

— Surtout que mon voisin s'est endormi et a commencé à ronfler !

Fiona l'imite et je ris.

— Je lui ai donné des petits coups de coude

discrètement au-dessus de l'accoudoir.

— Fiona, auriez-vous la gentillesse de me prêter votre téléphone ?

— Vous souhaitez appeler votre fiançaille ? Oh *sorry*, fiancé.

— Oui, je n'ai plus de batterie et j'ai oublié mon chargeur.

— Tenez, très chère.

Rassurée, je compose le numéro de Mathias.

Ma petite lueur d'espoir s'écroule lorsque j'entends le message de l'opérateur en anglais. Il doit certainement dire quelque chose comme « le numéro que vous demandez n'est pas attribué ».

Je lui rends son téléphone, déçue.

— Merci, Fiona, mais ça ne fonctionne pas.

— Oh, je suis désolée, très chère, comment allez-vous faire ?

— Je vais faire confiance à ma bonne étoile.

Fiona me fait une caresse sur le bras, et nous nous dirigeons vers le tapis des bagages. Chacune récupère silencieusement les siens.

Avant de me faire ses adieux, Fiona s'adresse à moi :

— Ma chère, ce fut un plaisir de partager ces quelques heures en votre compagnie. Je voulais également vous dire : peu importe le retard de l'avion, le sac oublié… Ce soir, ce qui compte, c'est le cadeau qu'il va recevoir pour toute sa vie.

Je suis sans voix.

Fiona m’embrasse et s’en va.

Aéroport de Nice, 24 décembre, 23 h 42

Je regarde Fiona s'éloigner. Une rencontre *so british*, une rencontre improbable et magique.

Soudain, je me sens seule et perdue. Je réalise que personne ne sait que je suis là, à part peut-être Nicole, si le message est bien parti. Mais ça, aucun moyen de le savoir.

Je m'assois sur le premier siège que je trouve. Non, plutôt je m'avachis avec mon désespoir sur ce siège. Ma valise est à côté de moi, j'ai l'impression qu'elle pèse une tonne. Mes achats sont posés par terre et mon téléphone à la main ne me sert à rien.

L'aérogare est maintenant déserte. Dehors, il fait nuit noire.

Au loin, j'aperçois un agent de ménage sur un engin à roulettes qui nettoie le sol en faisant des cercles.

Des larmes roulent sur mes joues.

Les bruits de la machine se rapprochent.

C'est un homme d'une cinquantaine d'années, un peu enrobé et déguisé en père Noël, qui s'adresse à moi :

— Ho ho ho ! Qu'est-ce qui se passe, ma petite dame ? Personne n'a le droit d'être triste le soir de Noël !

— Vous êtes certain de vouloir savoir ? Parce que ce n'est pas glorieux.

— Allez-y, je vous écoute.

— J'étais censée passer le réveillon dans la famille de mon compagnon, sauf que je viens d'atterrir et je ne sais pas où ils habitent. Je ne peux pas le joindre puisque mon portable n'a plus de batterie. En plus, personne ne sait que je suis arrivée. Et la dernière fois que je lui ai parlé, il était plus qu'agacé, comme si j'étais responsable de tous les problèmes climatiques. Ça fait beaucoup pour un soir de Noël, vous ne trouvez pas !?

Et mes larmes coulent encore plus vite. Le père Noël me tend un paquet de mouchoirs.

— Calmez-vous, ça va s'arranger, j'ai mon chargeur, tenez, en espérant qu'il s'adapte à votre téléphone… Sinon, je vous prête mon portable, pas de problème !

Mon regard s'illumine, je n'y crois pas.

— Merci, vous êtes très gentil !

Tout en reniflant, je branche mon téléphone.

L'écran s'allume. S'éteint puis se rallume

avec trois messages : Nini, Amine, et le dernier, Math poêles. Je fais glisser mon pouce sur l'écran et regarde celui de Mathias en premier.

Math poèles

Je suis là.

Je regarde partout autour de moi, et au loin je l'aperçois. Mathias est face à l'écran des arrivées. Il est adossé à un comptoir, les yeux rivés sur son téléphone. Je choisis de ne pas courir, de ne pas crier, mais d'écrire : Moi aussi.

Je vois Mathias qui me cherche du regard. Il tourne la tête et m'aperçoit à son tour.

Il arrive avec un air gêné, les mains dans les poches. Il passe une de ses mains dans les cheveux (il ressemble un peu à Dylan McKay dans *Beverly Hills*, pour celles et ceux qui auraient abusé des séries des années 1990).

Je me lève. Il m'attrape dans ses bras.

— Pardon, Jule, j'ai vraiment déconné. J'ai paniqué à l'idée que tu ne viennes pas, une fois de plus. J'ai commencé à t'en vouloir et…

— Ça, j'avais remarqué !

— Alors que… tu sais, depuis que je suis arrivé ici, je ne pense qu'à une seule chose : être avec toi. Ne m'en veux pas, s'il te plaît.

— Comment tu as su pour l'avion ?

— J'ai reçu un message de Nicole.

Je m'enveloppe dans ses bras et je souris.

— Il faut que je te parle de quelque chose.

Ça, c'est tout moi, du grand Jule. Peu importe le lieu ou le moment, quand j'ai besoin de dire quelque chose, je me moque des circonstances.

— Tu te souviens de notre première soirée et du jeu qu'on avait fait ?

— Évidemment, c'était un « j'aime, j'aime pas ».

— Exact !

— Je me rappelle parfaitement ce premier dîner ! J'avais tout cuisiné et tu n'avais rien mangé, tu n'aimais pas ce que j'avais préparé. Avoue que tu es un peu difficile quand même, Jule !

— Et tu te souviens de ce que tu as fait ensuite ?

— Parfaitement. J'ai fait une liste des choses que tu aimes et que tu n'aimes pas manger, pour savoir ce que je pouvais te préparer.

— Eh bien, il y a quelque chose que tu peux changer de catégorie. Regarde, c'est écrit ici !

Je sors la liste de mon sac et la tends à Mathias.

— Pamplemousse ? Mouais, tu veux me faire avouer un des ingrédients de la vinaigrette que tu aurais soi-disant trouvé ? Bien joué, j'aurais pu tomber dans le panneau.

— Pas du tout. Écoute-moi. Il y a une semaine ; tu étais déjà parti chez tes parents. Alors que je faisais les courses, j'ai remarqué un pamplemousse dans le caddie d'un monsieur. Je ne sais pas comment t'expliquer ce qui s'est passé, mais c'était plus fort que moi, je devais en manger. J'en ai donc acheté un. Je suis rentrée chez nous, je l'ai coupé en plusieurs quartiers, et je me suis régalée.

Mathias me regarde avec des yeux interloqués.

— Ce que je veux te dire, c'est que quelqu'un avait envie du pamplemousse, et qu'il est ici.

J'attrape sa main et la pose sur mon ventre. Mathias a les larmes aux yeux. Il ne parle pas tout de suite.

— Je vais être papa, Jule ?

— Oui.

— Je vais être papa ! Je vais être papa !

Il s'essuie les larmes avec sa main, en répétant : je vais être papa.

Un agent de la sécurité s'approche :

— Messieurs dames, on va fermer !

— Je vais être papa !

— Félicitations ! Mais on ferme quand même ! Joyeux Noël !

Mathias est heureux.

— Je sens que nous allons devoir écrire une nouvelle liste de j'aime, j'aime pas pour les mois qui arrivent.

— Je pense aussi. D'ailleurs, j'ai une petite faim. Non, une faim de loup. Est-ce qu'il reste des choses à manger ?

— Oui, plein, viens.

Nous nous dirigeons vers l'extérieur, main dans la main.

La nuit est douce, des flocons commencent à tomber. On s'arrête pour regarder le ciel. Mathias m'enlace et m'embrasse avec beaucoup de tendresse, comme si c'était la première fois.

Quand, tout à coup, l'agent d'entretien déguisé en père Noël s'approche de nous :

— Heu, excusez-moi, mais je pense que ceci vous appartient !

— Han, la valise !

— Et si vous pouviez me rendre aussi mon chargeur…

J'éclate de rire autant que mon cœur.

Achevé d'imprimer en octobre 2025
sur les presses de la Nouvelle Imprimerie Laballery – 58500 Clamecy
Dépôt légal : octobre 2025 – N° d'impression : 510152
Imprimé en France

La Nouvelle Imprimerie Laballery est titulaire de la marque Imprim'Vert®